MW00724097

Madame
CATASTROPHE

Collection MADAME

MONSIEUR **MADAME**

MONSIEUR **MADAME**

Madame
CATASTROPHE

Roger Hargreaves

hachette
JEUNESSE

Madame Catastrophe adorait rendre service aux gens.
Hélas ! elle ne leur attirait que des ennuis.

Une vraie catastrophe !

Par exemple :
Un jour, les lacets de chaussures
de monsieur Grand se dénouèrent.

Quand on est aussi grand que monsieur Grand,
il n'est pas facile de se baisser
pour rattacher ses lacets, tu t'en doutes.

Madame Catastrophe accourut.

– Je vais vous aider ! cria-t-elle.

Mais elle trouva moyen de nouer les lacets ensemble.

Et au premier pas, monsieur Grand trébucha.

Quand on est aussi grand que monsieur Grand
et que l'on tombe, on tombe de haut !

Et ça fait mal !
BOUM !

– Aïe ! Ma tête ! gémit-il.

– Je vais vous soigner ! cria madame Catastrophe.

Elle courut chercher un pansement
et revint avec du sparadrap.

Elle le colla sur…
la bouche de monsieur Grand !

– Mmmmmmm-mmm mm mmmmm mm mmmmm ! dit-il.

Ce qui signifiait : Enlevez-moi ça tout de suite !

Mais il n'est pas facile de parler avec du sparadrap
collé sur la bouche !

Madame Catastrophe lui jeta un regard désolé.

– Je vais arranger ça ! cria-t-elle.

Et elle arracha le sparadrap d'un coup.

– Ouououououououououououille !
hurla monsieur Grand. Ça brûle !

– Voulez-vous que j'aille chercher de la pommade ?
demanda madame Catastrophe d'une toute petite voix.

– Non ! Disparaissez !

En avril dernier, monsieur Heureux se réveilla un matin,
pas très en forme.

Il fit donc venir le docteur dans sa petite maison
au bord du lac, au pied de la montagne.

– Mon pauvre monsieur,
dit le docteur, vous avez la rougeole.

Le sourire de monsieur Heureux tomba net.

– Il va vous falloir garder le lit, rester bien au chaud,
bien au calme, dormir le plus possible,
et prendre ce médicament trois fois par jour.

Le docteur s'en alla,
et monsieur Heureux ferma les yeux.

Il venait de s'endormir quand, en bas,
on frappa très fort à sa porte.

– Oh non, gémit monsieur Heureux.

Il descendit cependant ouvrir.
Qui était là ?

– Je viens vous aider ! cria madame Catastrophe.

– Mais…

– Il n'y a pas de mais ! répliqua-t-elle.
Allez vite au lit, je m'occupe de tout.

Madame Catastrophe regarda autour d'elle.

– Votre maison a besoin d'un peu de ménage !
dit-elle.

Monsieur Heureux remonta se coucher.
Il allait s'endormir lorsque madame Catastrophe
passa le bout de son nez dans la chambre.

– Où avez-vous mis la brosse ? demanda-t-elle.

Pauvre monsieur Heureux !
Il dut redescendre pour lui montrer où elle se trouvait.

Puis il retourna au lit, bien décidé à dormir cette fois.

Madame Catastrophe brossa le carrelage de la cuisine.

Puis elle recula de trois pas pour admirer son travail.
Mais… elle marcha sur le savon !

Et… elle tomba…
tête la première dans le seau !

Et… comme elle n'y voyait rien,
elle se cogna à une étagère.

Toutes les casseroles roulèrent par terre !

Quel bruit d'enfer !

Ce n'est pas tout !

Comme elle n'y voyait rien,
elle mit le pied dans une casserole.

Ce n'est toujours pas tout !

Comme elle marchait à cloche-pied, elle trébucha,
s'agrippa au réfrigérateur qui s'ouvrit en grand !

Et toutes les provisions de monsieur Heureux
tombèrent en avalanche sur madame Catastrophe !

Réveillé en sursaut par cet effroyable vacarme,
monsieur Heureux sauta de son lit,
dégringola jusqu'à la cuisine et ouvrit la porte.

Il en resta bouche bée.

Là, au beau milieu d'une mare de lait
et d'une flaque d'eau,
au beau milieu d'une douzaine d'œufs cassés,
d'un tas de casseroles renversées,
d'une motte de beurre aplatie,
de bananes écrasées et de tomates éclatées,
madame Catastrophe restait assise,
un seau sur la tête, une casserole au pied !

– Au secours ! disait une voix étouffée.

Monsieur Heureux prit le seau à deux mains
et tira dessus de toutes ses forces.

Il tira… tira… et…

PLOP !
Le seau sauta comme un bouchon de champagne.

PFUIT !
Monsieur Heureux fila comme un boulet de canon.

CRAC !
Il passa à travers la porte !

Il survola son jardin, traversa la haie
et atterrit sur le pré en pente.

Là, il se mit à rouler, rouler,
vite, de plus en plus vite, et à la fin…

PLOUF !
Il plongea dans le lac, le seau à la main !

Une casserole au pied,
une petite dame sortit alors en clopinant de la maison.

– Je vais vous aider ! criait-elle.

LIVRES CD

MME PRINCESSE — LIVRE CD

M. MAL ÉLEVÉ — LIVRE CD

MME BAVARDE — LIVRE CD

M. GENTIL — LIVRE CD

M. GÉNIAL — LIVRE CD

MME BONHEUR — LIVRE CD

MME CATASTROPHE — LIVRE CD

M. RIGOLO — LIVRE CD

M. COSTAUD — LIVRE CD

M. SALE

MME CHIPIE

MME TERREUR

... ET RETROUVE TOUS TES HÉROS PRÉFÉRÉS

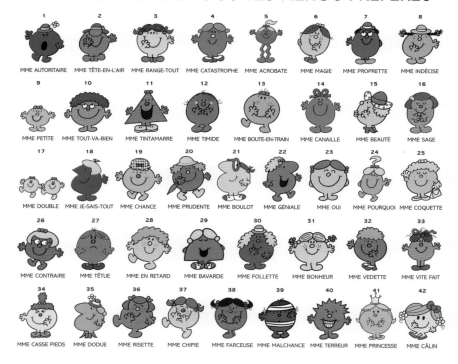

DANS LA COLLECTION **MONSIEUR MADAME**

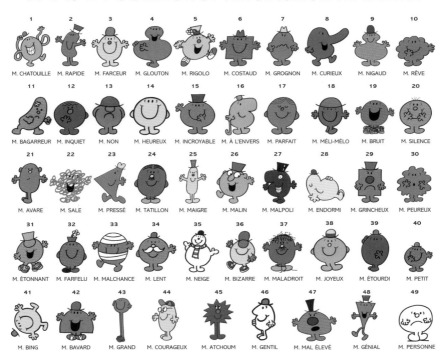

1	2	3	4	5	6	7	8	9	10
M. CHATOUILLE	M. RAPIDE	M. FARCEUR	M. GLOUTON	M. RIGOLO	M. COSTAUD	M. GROGNON	M. CURIEUX	M. NIGAUD	M. RÊVE

11	12	13	14	15	16	17	18	19	20
M. BAGARREUR	M. INQUIET	M. NON	M. HEUREUX	M. INCROYABLE	M. À L'ENVERS	M. PARFAIT	M. MÉLI-MÉLO	M. BRUIT	M. SILENCE

21	22	23	24	25	26	27	28	29	30
M. AVARE	M. SALE	M. PRESSÉ	M. TATILLON	M. MAIGRE	M. MALIN	M. MALPOLI	M. ENDORMI	M. GRINCHEUX	M. PEUREUX

31	32	33	34	35	36	37	38	39	40
M. ÉTONNANT	M. FARFELU	M. MALCHANCE	M. LENT	M. NEIGE	M. BIZARRE	M. MALADROIT	M. JOYEUX	M. ÉTOURDI	M. PETIT

41	42	43	44	45	46	47	48	49
M. BING	M. BAVARD	M. GRAND	M. COURAGEUX	M. ATCHOUM	M. GENTIL	M. MAL ÉLEVÉ	M. GÉNIAL	M. PERSONNE

Traduction : Évelyne Lallemand
Édité par Hachette Livre – 43, quai de Grenelle, 75905 Paris Cedex 15
Dépôt légal : septembre 2014 – Édition 01
Loi n° 49-956 du 16 juillet 1949 sur les publications destinées à la jeunesse.
Imprimé et relié par Tien Wah Press en Malaisie.